Step 1
Go to www.av2books.com

Step 2
Enter this unique code

A V S 5 6 2 7 3

Step 3
Explore your interactive eBook!

AV2 Spanish is optimized for use on any device

Media Enhanced Book
Every hardcover Spanish title comes with two free eBooks for a complete bilingual experience

AV2 Page Controls
An intuitive design allows users to go back and forth through the pages in their selected language

Language Toggle
Users can toggle between Spanish and English to learn the vocabulary of both languages

View new titles and product videos at www.av2books.com

Deportes eXtremos
El snowboard

Contenidos

- 2 Código del libro AV2
- 4 ¿Qué es el snowboard?
- 6 ¿Qué necesito?
- 8 ¿Cómo me protejo?
- 10 ¿Dónde lo practico?
- 12 ¿Cómo lo practico?
- 14 ¿Qué es el *Slopestyle*?
- 16 ¿Qué es el *Big Air*?
- 18 ¿Qué es el *Superpipe*?
- 20 ¿Qué son los X Games?
- 22 Datos sobre el snowboard

El snowboard es un deporte de invierno. Algunos usan tablas de snowboard para bajar por las montañas nevadas. Otros hacen saltos y trucos.

Las tablas de snowboard son tablas largas, planas y con tiras para sujetarse.

Deportes eXtremos

Los snowboardistas profesionales usan muchos tipos de tablas.

Los que practican snowboard siempre deben usar casco para protegerse si se caen.

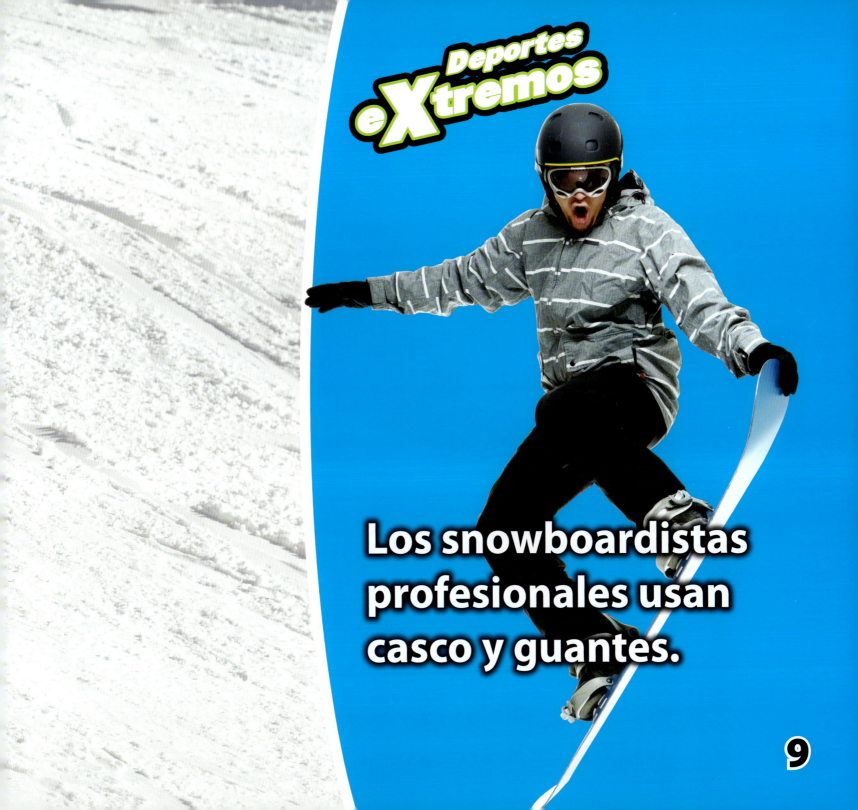

Deportes eXtremos

Los snowboardistas profesionales usan casco y guantes.

El snowboard se practica en las colinas y montañas cubiertas de nieve. A algunos snowboardistas les gusta deslizarse por montañas empinadas.

Deportes eXtremos

Los snowboardistas profesionales aprenden a deslizarse en diferentes tipos de montañas.

Practicar es muy importante para llegar a ser buenos snowboardistas.

Deportes eXtremos

Los snowboardistas profesionales practican muchas horas todos los días.

Muchos hacen saltos y trucos en un parque de snowboard. Esto se llama *Slopestyle*.

Deportes eXtremos

Los snowboardistas profesionales intentan hacer trucos difíciles para obtener puntos.

Se elevan con un gran salto y hacen un truco en el aire. Esto se llama *Big Air*.

Deportes eXtremos

Los snowboardistas profesionales tienen que aterrizar bien después del truco.

Los snowboardistas descienden por una montaña y saltan por una rampa con forma de U. Esto se llama *Superpipe*.

Deportes eXtremos

Los profesionales usan las rampas para hacer grandes trucos en el *Superpipe*.

Grandes snowboardistas de todas partes del mundo participan en los X Games de invierno.

Compiten para ver quiénes son los mejores.

DATOS SOBRE EL SNOWBOARD

Estas páginas ofrecen información detallada sobre los interesantes datos de este libro. Están dirigidas a los adultos, como soporte, para que ayuden a los jóvenes lectores a redondear sus conocimientos sobre cada deporte presentado en la serie *Deportes extremos*.

Páginas 4–5

El snowboard es uno de los deportes de invierno más populares del mundo. Los snowboardistas se paran sobre una tabla larga y descienden por montañas nevadas. Pueden hacer diferentes trucos en el suelo, en el aire y sobre barandas y escalones. También pueden correr carreras bajando la montaña a gran velocidad. El snowboard se hizo popular en la década de 1990, pero ha existido desde los sesentas.

Páginas 6–7

Las tablas de snowboard están compuestas por muchas capas de materiales, como madera, fibra de vidrio, espuma y plástico. Los bordes son de acero, para que el deportista tenga un mejor agarre para girar. Las tablas tienen tiras de sujeción ajustables para sostener el pie del snowboardista. Sherman Poppen construyó la primera tabla de snowboard en 1965 atando dos esquíes. La llamó "*snurfer*" porque surfeaba en la nieve (snow).

Páginas 8–9

El casco es la pieza más importante del equipo de protección. Si se cae, el deportista puede golpearse la cabeza contra el suelo. El casco ha salvado a muchos snowboardistas de sufrir lesiones graves en la cabeza. También es importante protegerse del frío. Muchos usan pantalones para nieve, chaquetas de invierno, guantes, gafas, rodilleras y coderas.

Páginas 10–11

Cualquiera que tenga acceso a un cerro o montaña nevada puede hacer snowboard. Los que les gusta la velocidad prefieren las pendientes empinadas de los centros de esquí. Para los que quieren hacer trucos, la mayoría de los centros de esquí tienen parques de snowboard, que son áreas cerradas con muchos obstáculos para hacer acrobacias y trucos aéreos. Algunas rampas pueden llegar a tener hasta 130 pies (40 metros) de altura.

Páginas 12–13

Practicar es lo más importante para llegar a ser bueno en cualquier deporte, incluido el snowboard. La mayoría de los snowboardistas profesionales se pasan todo el invierno practicando sus movimientos en los centros de esquí y parques de snowboard. Experimentan con nuevos trucos, obstáculos y terrenos. Los tablistas mejoran sus habilidades aprendiendo nuevos trucos e intentan perfeccionar los movimientos que ya saben.

Páginas 14–15

El *Slopestyle* es un tipo de snowboard en el que se muestra el talento y estilo individual de cada deportista. Se realiza en un parque de snowboard diseñado como un circuito. Los deportistas pueden elegir su propia ruta dentro del circuito, haciendo acrobacias y trucos con los obstáculos que elijan. Se los califica por el estilo, la variedad y la dificultad de los trucos que realizan.

Páginas 16–17

En el *Big Air*, los snowboardistas deben mostrar un truco sorprendente. Los deportistas tienen seis vueltas y se los juzga por las seis. Generalmente, hacen un truco diferente en cada vuelta para demostrar a los jueces lo que saben. Los jueces se fijan en la calidad y dificultad de cada truco y en cómo aterrizan después de cada truco.

Páginas 18–19

La competencia del *Superpipe* se realiza en un medio tubo. Se trata de un canal con forma de U de 400 pies (122 m) de largo con rampas de 15 pies (4,6 m) de alto a cada lado. Los tablistas descienden por una rampa para lanzarse al aire por la rampa opuesta. Mientras están en el aire, realizan acrobacias aéreas y, al aterrizar, continúan haciendo trucos a lo largo del circuito. Obtienen puntos por el estilo, la variedad, la dificultad y la altura de sus trucos.

Páginas 20–21

Los X Games de invierno es una competencia deportiva anual que presenta a los mejores deportistas extremos. Los X Games de invierno comenzaron en 1997. Allí se realizan competencias de snowboard, esquí y moto de nieve. Cada año, estos juegos atraen a los mejores deportistas extremos del mundo. En algunas de las competencias, se pueden ver a los atletas descendiendo a gran velocidad por la montaña y volando por las rampas.

Step 1
Go to www.av2books.com

Step 2
Enter this unique code

AVS56273

Step 3
Explore your interactive eBook!

AV2 Spanish is optimized for use on any device

Published by AV2
14 Penn Plaza, 9th Floor New York, NY 10122
Website: www.av2books.com

Copyright ©2021 AV2
All rights reserved. No part of this publication may be reproduced, stored in a retrieval system, or transmitted in any form or by any means, electronic, mechanical, photocopying, recording, or otherwise, without the prior written permission of the publisher.

Library of Congress Control Number: 2020939585

ISBN 978-1-7911-2931-6 (hardcover)
ISBN 978-1-7911-2932-3 (multi-user eBook)

062020
101719

Printed in Guangzhou, China
1 2 3 4 5 6 7 8 9 0 24 23 22 21 20

Spanish Project Coordinator: Sara Cucini   Spanish Editor: Translation Services USA LLC
English Project Coordinator: Ryan Smith   Designer: Terry Paulhus

Every reasonable effort has been made to trace ownership and to obtain permission to reprint copyright material. The publisher would be pleased to have any errors or omissions brought to its attention so that they may be corrected in subsequent printings.

The publisher acknowledges Getty Images, iStock, and Shutterstock as the primary image suppliers for this title.

View new titles and product videos at www.av2books.com